Mis
Dos Luces

Cuento por
FELIX M. PADILLA

Ilustraciones por
EREN STAR PADILLA

LIBROS: Estimulando La Capacidad Cultural
Long Beach, New York

Todos tenemos un lugar especial, lleno de memorias. El mío es una esquina de la calle que llamamos La Esquina. Este lugar es único, lleno de tradiciones puertorriqueñas.

En La Esquina se encuentra mi restaurante favorito. La comida es preparada a la vista, donde todo se puede ver. Me gusta observar al Señor López cocinar el mofongo. Primero, él pela los plátanos y los corta en pedazos pequeños. Después, los frie. Después, en un pilón, machuca los pedazos fritos juntos con ajos, aceite de oliva y tocino. Finalmente, el Senor López hace una bola de la mezcla y me la entrega calientita. ¡Qué rico!

La tienda de discos, Tito's Records, también está en La Esquina. Lo mejor de la salsa y merengue siempre se oye retumbando de las altas vocinas de la tienda. Me gusta observar cómo las personas puertorriqueñas cambian su forma de andar a un paso de salsa o merengue cuando pasan por Tito's Records.

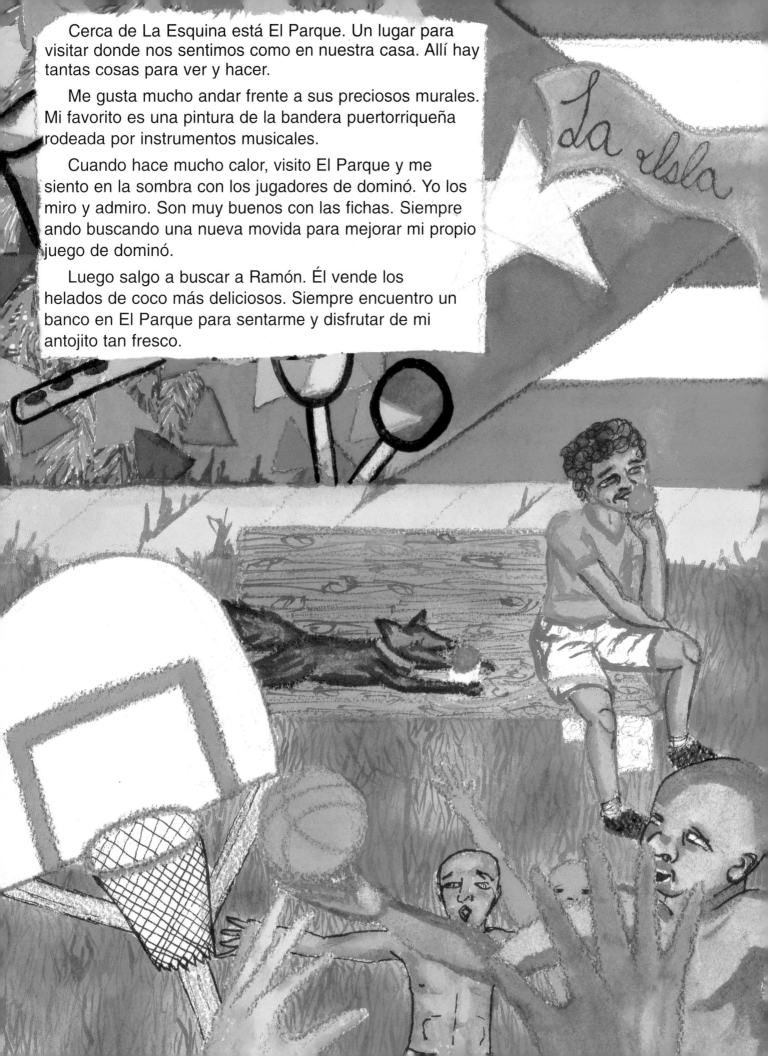

Cerca de La Esquina está El Parque. Un lugar para visitar donde nos sentimos como en nuestra casa. Allí hay tantas cosas para ver y hacer.

Me gusta mucho andar frente a sus preciosos murales. Mi favorito es una pintura de la bandera puertorriqueña rodeada por instrumentos musicales.

Cuando hace mucho calor, visito El Parque y me siento en la sombra con los jugadores de dominó. Yo los miro y admiro. Son muy buenos con las fichas. Siempre ando buscando una nueva movida para mejorar mi propio juego de dominó.

Luego salgo a buscar a Ramón. Él vende los helados de coco más deliciosos. Siempre encuentro un banco en El Parque para sentarme y disfrutar de mi antojito tan fresco.

Mi banco favorito está en La Esquina. Mi mejor memoria ocurrió aquí. Yo conocí una amiga muy especial. Su nombre era Doña Luz. Ella tenía la misma edad que mi abuelita. Además, ella era una cantante fabulosa.

Cuando me siento en este banco, puedo sentir la presencia de Doña Luz. Siento que ella está conmigo. Le hablo. ¿Y sabes?, ella me contesta. Siempre tenemos la misma conversación. Ésta va así.

Doña Luz, yo la recuerdo tan bien. La veo en aquel banco en El Parque. Le veo su piel radiante, trigueña. Le veo su pelo largo y gris. Y aquellos ojos grandes de color café y brillantes, los veo también.

Puedo oirla también. Usted cantaba más bonito que una paloma. Su voz de angel tocó mi corazón. Todavía la escucho cantando en mis sueños. "Verde Luz de monte y mar."

Es muy gracioso como las cosas cambian. Yo estaba acostumbrado en pensar que usted era una señora loca. ¿A quién usted le cantaba? Yo siempre la ignoraba. Pero un día, todo cambío. Tuvimos un encuentro. Nunca olvidaré como fué que sucedió. Durante ese tiempo yo tenía ocho años.

Al acercarmele, la ultima cosa en mi mente era parar. Yo hiba rumbos al mismo lugar como siempre. Pero este día, no pude pasarle de lado. Mis piernas comenzaron actuar muy raro. Lentamente se movían hasta que por fín pararon. Yo no podía moverme. Era como estar conjelado en un sitio. Esto me sorpriendo mucho. No sabía lo que me estaba ocurriendo.

Parque De La Isla

DOGS

Pero, Doña Luz, usted sí sabía lo que me estaba pasando. Pero usted actuó como si no me estuviera pasando nada. Siguió cantando. No me dijo ni una palabra. Yo pensé que eso era tan raro.

Por fin terminó la canción y me habló. "Mijo, ¿qué te pasa? Tú nunca te habías parado por mi banco antes. Yo sé por qué. Tú piensas que yo tengo algo loco en mi cabeza. Entonces, ¿qué estás haciendo hoy? ¿Por qué paras? ¿No me digas que tus pies se pegaron a la acera?"

Al principio, no le contesté. En vez, comenzé a pensar. "Qué mala suerte. Yo no quería hablar con usted. Para mí, usted estaba loca. Pero mis piernas pararon. Necesitaba una explicación. Así que después de todo, decidí hablarle."

Y esto fue lo que le dije, "No puedo entender lo que me pasó. Es posible que mis pies se quedaron pegados a la acera. Pero, espere un minuto, ¿y, esa canción que cantaba? ¿Fue esa canción la que le hizo eso a mis piernas? No, es imposible, una canción no puede hacer eso. Pero, no sé. Sentí la canción Creo que sí me hizo algo."

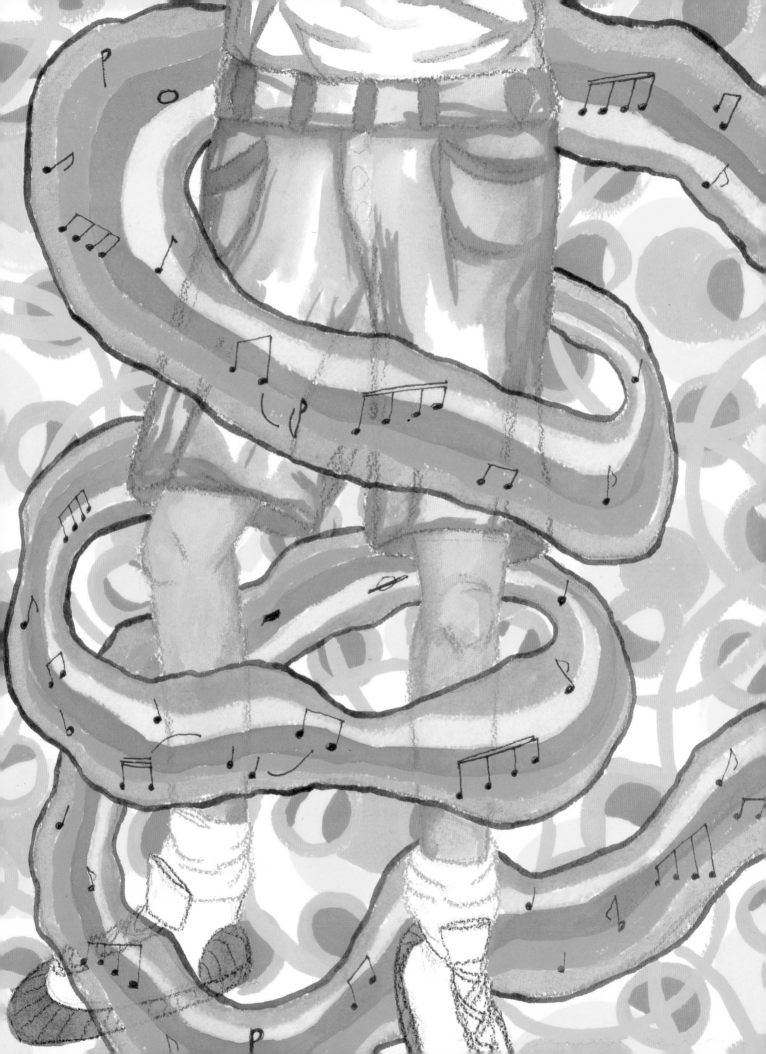

Usted no me contestó al principio tampoco, así que seguí pensando. "¿Sería posible que usted fuera una bruja? Sí, eso es. Me hizo un hechizo con su voz de cantante. A lo mejor usted misma escribió la canción. Estoy determinado a descubrir todo esto."

Finalmente usted me habló, pero no me contestó mi pregunta. En vez, usted me preguntó: "¿Conoces la canción Verde Luz?"

Yo pensé, ¿Verde Luz?. "No," le dije.

"Ay bendito nene, ¿estás seguro?"

"Sí, estoy seguro. Nunca he oído esa canción."

"Ay, siéntate aquí mijo. Tenemos mucho que hablar." Me senté pero seguí precavido. Después de todo, las brujas representan problemas.

Usted comenzó a contarme el cuento de Verde Luz. Al principio, el cuento salía de su boca en español, su lengua materna. "Verde Luz es una canción muy popular en Puerto Rico."

Inmediatamente, yo miré hacia abajo. Sentí vergüenza. ¿Recuerda por qué? Yo no entendía sus palabras. Yo solamente hablaba un poquito de español. Usted conocía mi problema. Así que no fue necesaria ninguna explicación.

En ese momento, usted paró el cuento, me tomó de la mano y me dijo, "Mijo, Verde Luz te ayudará."

"¿Pero, cómo?," yo pensé.

Usted siguió con el cuento, pero esta vez en inglés.

"Verde Luz es una canción muy popular en Puerto Rico. Fue escrita por Antonio Cabán Vale, a quien le llamamos El Topo. ¿Has oído de él?"

"No."

"Ay, mijo, El Topo es un musico muy querido y celebrado en La Isla. Y su canción Verde Luz tiene magia. Tu fuiste tocado por su magia. Por eso te quedaste enterrado en la acera. ¡Qué bueno! Es muy posible que tu amor por Puerto Rico es tan grande como el de El Topo y el mío."

Yo pensé, "¿La canción tiene magia? ¿Y, usted no es ninguna bruja? Bueno, es posible."

Lo que compartió conmigo después era muy dificil de creer. Usted me dijo, "Yo siempre cierro los ojos para cantar Verde Luz. Sus preciosas palabras me llevan a mi patria, Puerto Rico, tan pronto como comienzo a cantarlas. Me siento como si estuviera de viaje en la La Isla. Estoy allá."

Le interrumpí, "Eso es imposible, usted no puede viajar a Puerto Rico simplemente así. Yo lo sabía. Usted es una bruja."

Ésto la hizo reir. Después me dijo, "Mijo, yo no soy bruja. Pero sí, tengo muy buena imaginación. Y, yo pienso que tú también tienes la misma. ¿Verdad que sí?"

"Sí," le indiqué.

¡Qué maravilloso! Verde Luz es perfecta para tí. Sus palabras te pueden llevar a nuestra Isla, sus bellezas naturales y sus gentes especiales. Yo te puedo enseñar cómo puedes ir tú también.

Verde Luz de monte y mar,
isla virgen del coral,
si me ausento de tus
playas primorosas,
si me alejo de tus
palmas silenciosas,
quiero volver, quiero volver,

A sentir la tibia arena
a dormir en tus riberas,
isla mía, flor cautiva
para ti quiero tener,

Libre tu cielo,
sola tu estrella
isla doncella, quiero tener,
Verde Luz de monte y mar.

Sí, la observé mientras cantaba. Con cada línea que cantaba, parecía que usted se iba más y más lejos. No podía creer lo que mis propios ojos veían. Llegué a ver a Verde Luz trabajando su magia en usted. Llegué a ver cómo se la llevó de viaje a su querido Puerto Rico. Yo la vi, Doña Luz. Sí, la vi de verdad.

Usted terminó la canción y me dijo, "Mijo, he regresado. Fue magnífico. Pude ver el sol de oro. Pude ver el majestuoso color verde de la plantas y el mar. Sentí el aire fresco. Probé el café con leche. ¡Cómo me gusta el aroma del café en el aire de Puerto Rico? ¿Estás listo para irte en este viaje?"

"O, sí," le dije.

"Cierra los ojos mijo y prepárate para el despegue," usted me dijo. Añadiendo, "Vamos a ensayar con unas de las líneas de la canción. Comenzaré con el verso que dice, 'verde luz de monte y mar.' Oye como lo canto. 'Verde luz de monte y mar.' Ahora lo voy a cantar mas despacio. 'Verde luz de monte y mar.' ¿Puedes ver algo al oir este verso?"

"Es increible, Doña Luz, veo la verde luz. 'Hola, verde luz. Te veo en las montañas cubiertas de árboles de Puerto Rico. Te veo en el mar verde. O, verde luz, tu eres tan preciosa.'"

"Que bien mijo, estupendo. Oye mientras canto otro verso. Éste dice, 'A sentir la tibia arena.' Lo voy a cantar mas lento. 'A sentir la tibia arena.' ¿Puedes ver la preciosa arena de nuestras playas?"

"Sí, ando en la arena. Está bien caliente. Está caliente en todas partes de la isla. Siento el calor de la arena, del aire, de la música, de la gente."

"Sí mijo, tu tienes una imaginación estupenda. Verde Luz te tocó una vez más."

Me hice adicto.   "Por favor Doña Luz, cante otro verso."

"Está bien, para tí voy a cantar otro más." Éste dice, 'Quiero volver, quiero volver.'"

"Más alto, Doña Luz."

"Quiero volver, quiero volver."

"Doña Luz, me encanta esa línea. Es mi favorita."

"¿Por qué mijo?" usted me preguntó.

"Bueno Doña Luz, yo 'siento quiero volver' dentro de mí. Siento que me duele el estómago, pero no estoy enfermo. El dolor es por Puerto Rico. Yo conozco tantos puertorriqueños que tienen esperanza de regresar un día a la Isla. Apuesto que ellos se sienten así como yo me siento."

"Sí, estas palabras son de esperanza. Esperanza de regresar a nuestro paraíso. Borinquén, la isla de nuestros sueños."

Doña Luz, como una paloma, usted me tomó bajo sus alas. Me enseñó el camino a casa. Le agradezco por compartir la magia de Verde Luz conmigo. Usted sabía que las preciosas palabras de la canción me iban a dar inspiración para conectarme otra vez con mi herencia y hacerme sentir orgulloso de mi cultura. Y, las palabras lograron eso. Yo siempre amaré esta canción.

¿Sabe usted que yo llegué a ser un buen cantante? ¿Recuerda cómo nos sentábamos lado a lado en el banco del parque a practicar canciones como Verde Luz? Yo la admiro mucho. Quiero que sepa que hasta hoy, uso mis canciones para ayudar a otros de la misma forma que usted me ayudó.

Yo siempre recordaré cómo todo esto sucedió. Verde Luz me puso en movimiento. Y Doña Luz se encargó desde allí. Gracias a **mis dos luces**, me siento muy afortunado de haber sido iluminado por ustedes.

Dedicaciones del autor: Para los niños y jovenes de Puerto Rico, especialmente aquellos que viven en los Estados Unidos, ruego que siempre se mantengan conectados a las raíces. Y para mi esposa Rebecca. Su devoción al proyecto; su imaginación creativa; su energía positiva: todas estas calidades me ayudaron al tomar el gran desafío de escribir este libro para niños y jovenes. Quiero expresar mi más profunda expresión de amor a nuestros niños, Amparo, Felix Jr., Andrés y Celia, ellos en sí fueron la inspiración responsable para comenzar el proyecto de Libros y escribir este libro. También me siento muy orgulloso de haber trabajado con mi hija mayor, Estrella la artista más magnífica, en este libro. La experiencia nos ayudó a conectarnos de nuevo. Y para April, quien un día va a jugar un papel muy importante en Libros, amor para siempre.

FELIX M. PADILLA

Dedicaciones de la ilustradora: La imaginación es la llave para abrir otros mundos. Cómo humanos, la imaginación nos permite viajar a donde quiera, a cualquier hora y con cualquier persona. Dedico este libro a toda la gente, joven y vieja, quien hacen que su imaginación represente una mayor parte de sus vidas diarias.

STAR PADILLA

LIBROS: Estimulando la Capacidad Cultural expresa mucho agradecimiento a la Dra. Araceli Tinajero, Profesora en el Departamento de Español y Portugués en la Universidad de Yale. Ella revisó el texto de español para asegurar las precisiones y detalles lingüísticas. Y un agradecimiento especial a Antonio Cabán Vale por haber escrito una canción cultural tan emocionante y espiritual.

LIBROS: Encouraging Cultural Literacy
P.O. Box 453
Long Beach, NY. 11561
Text Copyright © 2000 by Felix M. Padilla
Illustrations Copyright © 2000 by Eren Star Padilla
All rights reserved including the right
of reproduction in whole or in part in any form
The text of this book is set in 13 point Helvetica
The illustrations were done in watercolor, pens & pencils
First Edition

Printed In Hong Kong
Publisher's Cataloging-in-Publication
(Provided by Quality Books, Inc.)
Padilla, Felix M.
Mis Dos Luces / escrito por Felix M. Padilla;
ilustrado por Eren Star Padilla;
editado por Rebecca Padilla - 1st ed.
p.cm.
SUMMARY: A woman named Doña Luz
uses her favorite song, "Verde Luz"
(by Antonio Cabán Vale) to teach
a Puerto Rican child the importance of
cultural understanding and pride.
Published simultaneously in English under title, "My Two Lights."
LCCN: 99-67490
ISBN: 0-9675413-1-X
1. Puerto Rico – Juvenile fiction.
2. Songs, Spanish – Juvenile fiction.
3. Puerto Ricans – United States – Juvenile Fiction.
I. Padilla, Eren Star. II. Title

PZ73.P132Mi2000   [E]   QB199-1545